LE PETIT-FILS DE BRUTUS

LYON. — Typographie E. LABAUME, cours Lafayette, 5

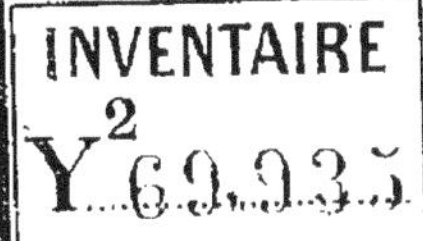

LE PETIT-FILS

DE

BRUTUS

Nouvelle

PAR A. STEYERT

PARIS

CH. DOUNIOL, LIBRAIRE-ÉDITEUR

29, Rue de Tournon, 29

MDCCCLX

LE PETIT-FILS

DE

BRUTUS

Nouvelle

PAR A. STEYERT

PARIS

CH. DOUNIOL, LIBRAIRE-ÉDITEUR

29, Rue de Tournon, 29

MDCCCLX

1860

LE
PETIT-FILS DE BRUTUS

I.

LA FÊTE DES CALENDES.

Personne n'ignore ce qu'était Paris au quatrième siècle de notre ère. Une bourgade d'assez pauvre apparence resserrée dans un îlot au milieu de la Seine et communiquant à la terre ferme par deux ponts de bois, quelques maisons çà et là sur les deux rives, perdues au milieu des vignes et des terres labourées, formaient alors la future capitale de la France. Cependant le nom de Lutèce avait déjà retenti dans le monde; les empereurs romains y avaient fait construire un palais dont les ruines subsistent encore, et le prince, que l'impitoyable histoire a flétri, malgré ses talents, du nom de Julien l'Apostat, y faisait souvent sa résidence. C'est de là qu'il surveillait les frontières de l'empire, c'est de là aussi que ses légions s'élançaient pour aller écraser les barbares, à Cologne, à Strasbourg et partout où ils osaient se montrer.

C'est ainsi qu'une année, par un hiver assez doux, il s'y trouvait avec son armée, attendant le retour des beaux jours pour entreprendre une campagne contre les tribus remuantes de la Germanie.

Les paisibles habitants de Lutèce ne se plaignaient point du voisinage des troupes romaines; une discipline sévère y maintenait un ordre parfait. La plus grande partie du jour était consacrée par elles à des travaux ou à des exercices militaires, et dès que le crépuscule commençait à s'assombrir, la consigne les tenait renfermées dans leur camp; aussi on pouvait bien affirmer que ce n'étaient pas des soldats qui, un soir de cet hiver, à l'approche des calendes de janvier, faisaient retentir de leurs cris bruyants, le chemin qui conduisait de Lutèce au palais. Au milieu de cette rue une troupe de gens étrangement accoutrés, tournaient en rond en se tenant par la main, hurlant des mots bizarres et inintelligibles pour une oreille peu habituée à leur prononciation rauque et gutturale. Ces êtres, qui semblaient n'avoir de l'homme que la voix, s'agitaient, sautaient, tournoyaient avec des mouvements si rapides et inattendus, qu'il était impossible, au milieu de l'obscurité, de reconnaître quels nains, quels géants, quels monstres ou quels démons ce pouvaient être. Enfin, ils cessèrent leurs danses fantastiques et il fut possible de les distinguer. L'un était entièrement recouvert d'une peau d'ours et tendait à ses deux compagnons deux larges pattes velues et terminées par des griffes formidables; un autre avait revêtu une robe de femme qui contrastait avec sa haute taille et sa barbe épaisse; un troisième s'était coiffé d'une tête d'élan dont la ramure lui donnait un aspect effrayant; enfin tous, outre des déguisements étranges, avaient affecté de prendre des vêtements en lambeaux et des chaussures déchirées. Ainsi accoutrés, ils entouraient un homme, qui semblait être d'un âge avancé, et une jeune fille.

Le vieillard était vêtu d'une tunique longue et à manches larges, à la mode des Dalmates, par dessus laquelle tombait un manteau fermé de toutes parts, et la jeune fille, qui se pressait avec effroi contre son compagnon, était enveloppée dans les plis d'un ample vêtement qui cachait sa chevelure et retombait jusqu'à ses pieds. Lorsque les fantômes eurent achevé leur ronde fantastique, les deux prisonniers s'avancèrent pour sortir de cette geôle vivante; mais le cercle se resserra:

— Vous ne partirez pas, s'écrièrent plusieurs voix, vous viendrez avec nous aux Grandes-Pierres.

— Laissez-nous, dit le vieillard.

— Non, tu ne t'en iras pas, Oréadès; si tu es las, nous te porterons, tu représenteras le vieux Silène.

— Ce n'est pas le temps des Lupercales, ni des fêtes de Bacchus, objecta quelqu'un.

— N'importe, répliqua le premier, nos pauvres dieux chôment depuis si longtemps qu'on peut bien les fêter tous à la fois; voyez aussi comme il a maigri, ce pauvre vieux faune.

Toute la troupe éclata de rire.

— Allons, allons, viens avec nous, Oréadès, dirent-ils tous en chœur.

— Misérables ! s'écria le vieillard, je suis chrétien, vous le savez bien.

— Eh ! oui, nous le savons ; mais ce n'est plus la mode maintenant ; ton Christ est bien mort cette fois, et sans te laisser d'héritage encore. Je gage même que tu n'as pas eu de quoi préparer ton repas de nouvel an. Tiens ! voilà tes étrennes, tu étaleras cela sur ta table afin que toute l'année elle reste aussi bien fournie. Et ils présentèrent au vieillard des gâteaux de farine et de miel, les uns en forme de couronne, les autres représentant des sangliers et d'autres animaux.

— Quant à toi, Nicea, dit le colosse habillé en femme, en tendant à la jeune fille une sorte de figure humaine grossièrement faite de lambeaux d'étoffes liés ensemble, prends cette poupée, quand tu te marieras, tu la brûleras devant la statue de Vénus.

Oréadès repoussa les mains étendues vers lui, et, comme le cercle s'était rompu, il essaya de se dégager mais inutilement.

— Tu ne t'en iras pas Oréadès, répéta la troupe déguisée.

— Eh ! puisqu'il tient tant à nous quitter, laissons-le aller, dit tout à coup l'homme à tête de cerf ; seulement, ajouta-t-il, tu nous laisseras ta fille ; elle figurera parmi nous la déesse Holda : vraiment on ne pourrait trouver mieux.

— Oui ! oui ! c'est cela, répondirent ses compagnons, et, comme enivrés de leur propre audace, ils essayèrent d'entraîner le vieillard et de retenir la jeune fille.

Pendant que ceci se passait, un homme recouvert d'un manteau court et la tête enfoncée sous un capuchon s'avançait rapidement sur le chemin qui conduisait au palais de Julien. Il vit de loin la troupe travestie sans y prêter d'abord attention : il savait que c'était le temps des fêtes annuelles ; mais enfin le tumulte, le bruit, les cris le firent s'approcher, et jugeant d'un coup d'œil ce qui se passait, il fendit la presse :

— Eh bien ! que fait-on ici? s'écria-t-il, posant sa main sur l'épaule de l'un des masques.

— Que t'importe ? répliqua celui-ci.

— Que veut cet étranger ? dit un autre que l'accent du nouvel arrivant avait frappé.

— De quel droit vient-il troubler nos rites sacrés ? ajouta celui qui était couvert d'une peau d'Ours, une sorte d'Hercule trapu qui avait déjà mis la main sur Oréadès.

— Un étranger!... moi!... de quel droit!... répliqua l'inconnu avec vivacité et en saisissant le bras du Gaulois. Celui-ci se retourna et essaya de prendre son agresseur à bras-le-corps. Les deux adversaires luttèrent pendant quelques instants, mais, dans les mouvements qu'ils firent, le manteau de l'étranger s'étant soulevé laissa briller une ceinture dorée: Un officier de la maison de l'empereur! s'écria à demi-voix l'homme à tête de cerf. A ces mots les masques s'écartèrent, celui qui luttait avec l'officier romain se dégagea brusquement et rejoignit ses camarades qui continuaient leur route:

— Amis, ne dérangeons point les plaisirs des maîtres du monde, cria-t-il en s'éloignant; depuis le divin Jules, les glorieux enfants de Rome ont accoutumé de se laisser dompter par les blondes filles des Gaules.

Un immense éclat de rire répondit à cette boutade ironique, l'inconnu se retourna avec un mouvement de colère, mais déjà la folle troupe avait repris sa course effrénée; on les entendait seulement danser en se tenant par la main et chanter, sur un rythme sauvage et monotone, les noms des jours de la semaine.

Le vieil Oréadès remercia avec effusion son libérateur et exigea de lui qu'il s'arrêtât dans sa demeure. — Ma maison n'est pas loin, lui dit-il, et nous étions sur le point d'arriver lorsque nous avons été surpris par ces malheureux. Je ne souffrirai pas qu'un homme qui vient de nous rendre un service aussi signalé, passe devant notre seuil sans le franchir et sans s'asseoir à notre foyer. L'officier objecta des affaires pressantes, mais, pour ne pas désobliger le vieillard, il accepta son offre.

Pendant le trajet, il lui demanda comment il avait pu être assez imprudent pour s'aventurer seul avec sa fille, à une heure aussi avancée, par des chemins déserts, et surtout à l'époque des calendes de janvier, où les travestissements, l'ivresse, la licence excitaient et favorisaient tous les désordres et toutes les violences. Oréadès répondit qu'un ordre souverain l'avait appelé au palais et qu'il y avait été retenu jusqu'à la nuit.

En ce moment ils arrivèrent à la maison habitée par le vieillard, et en entrant celui-ci murmura tout bas : Que la paix du Seigneur soit dans cette maison.

— Et avec ceux qui l'habitent, répondit à haute voix l'inconnu.

— Tu es chrétien ? s'écria Oréadès.

— Je le suis.

— Dieu en soit loué ! mais j'aurais dû le soupçonner plus tôt ; il n'y a personne qu'un chrétien pour défendre ainsi les opprimés et pour se rendre avec tant de bienveillance aux désirs d'un vieillard. Assieds-toi maintenant et dis-moi à quel homme généreux ma fille et moi nous devons, après Dieu, notre délivrance.

La chambre où Oréadès recevait son hôte était une petite pièce carrée; les murs en torchis étaient couverts d'une tenture rayée et le plancher disparaissait sous une épaisse natte de jonc; tout autour de l'appartement étaient disposés de grands coffres, sur lesquels étaient jetés çà et là des coussins formés d'une grossière étoffe de laine pliée en plusieurs doubles et qui servaient de siéges ; dans l'endroit le plus apparent s'élevait une sorte de petit autel surmonté d'une peinture représentant la mère du Christ tenant entre ses bras son enfant divin, qui étendait la main et bénissait le monde ; au devant de cette image, une petite lampe en terre cuite restait constamment allumée. Ailleurs, étaient posés sur un meuble une coupe en bois sculpté et quelques objets de première nécessité; enfin une table, sur laquelle reposaient quelques *volumens* à demi-déroulés, complétait l'ameublement. Une douce chaleur, qui régnait dans la chambre, indiquait qu'elle était chauffée par des conduits souterrains; c'était partout, en un mot, la pauvreté et la simplicité gauloise unie aux ressources de la civilisation romaine.

L'étranger s'assit dans un angle de la pièce auprès de son hôte; et la jeune fille, après avoir jeté un coup d'œil investigateur dans l'appartement, sortit par une porte qui conduisait dans l'intérieur de la maison.

— Nicea, lui dit le vieillard en la voyant s'éloigner, tu dois à ce généreux inconnu plus de reconnaissance que moi-même, et il convient que tu m'aides à remplir envers lui les devoirs de l'hospitalité.

— Je ne l'oublierai pas, mon père, répondit la jeune fille en s'éloignant.

Elle reparut, en effet, quelques instants après et vint, modeste et silencieuse, s'asseoir aux côtés de son père. Sa réserve n'avait rien d'affecté, elle ne marquait ni ennui, ni désœuvrement, et quoiqu'elle ne se mêlât pas à la conversation établie entre Oréadès et l'inconnu, on reconnaissait, à son regard attentif et intelligent, qu'elle y prenait part de cœur et d'intérêt ; enfin, dans sa physionomie, dans son attitude et dans toute sa personne se reflétait l'éclat d'une si belle âme, que l'on ne songeait point à remarquer la beauté du corps qu'elle animait.

En ce moment, l'étranger répondait aux questions de son hôte. Il s'appelait Caius Junius Palladius ; c'était l'un des derniers représentants de cette célèbre famille qui avait donné, sans compter tant de personnages consulaires et de généraux, les deux Brutus, ces illustres vengeurs de la liberté de Rome. Il apprit, en outre, à Oréadès que lui-même avait un grade élevé dans l'armée romaine et qu'il occupait un rang distingué à la cour. Le vieillard fut étonné de cette dernière révélation :

— Quoi ! dit-il, il y a donc encore des chrétiens à la cour ? Dans les armées, je le comprends; mais dans le palais de Julien, cela me semble inouï.

— Il y en a cependant, répondit Pallade, beaucoup surtout qui soupirent en secret pour le rétablissement de notre religion sainte, mais ils n'osent le dire tout haut...

— Et ils assistent ainsi à tout ce qui se fait contre elle, s'exclama le vieillard; ils se cachent, ils se taisent, ils fuient les regards pour rendre au Dieu unique de rares et craintifs hommages! Les lâches !

— Ne sois pas si sévère pour eux, poursuivit Junius ; ce sont, au fond, des hommes honnêtes, généreux, braves même; mais ils courent un danger si imminent : être dépouillés de leurs honneurs, de leurs charges, de leurs fortunes; être obligés de renoncer et à leur rang et à leurs habitudes; de vivre isolés, pauvres, inoccupés, privés de tout ce qui alimente et anime leur existence, c'est un bien dur sacrifice ; et tel homme, qui joue sans hésitation sa vie dans un combat, faiblit devant la pensée de ce dépouillement et de cette solitude. Du reste, ils n'ont pas renoncé à leur foi, seulement ils évitent de la faire trop paraître ; un seul mot imprudent suffirait pour les perdre. Combien de personnages consulaires, d'esprits éminents écartés de la conduite des affaires par cela seul qu'ils s'étaient montrés attachés au culte du vrai Dieu ! Combien de chefs habiles, de généraux illustres, expérimentés, cassés de leurs grades et envoyés en exil parce qu'ils avaient hésité à mettre leur épée au service de la politique impériale.

— Pardonne-moi, reprit Oréadès, si je persiste dans ma première opinion, je ne suis qu'un pauvre homme et ne connais point ces accommodements de la conscience et des intérêts.

— A te parler sincèrement, répliqua Pallade, je partage ton opinion, seulement l'expérience des hommes et des choses m'a rendu indulgent pour ces faiblesses. Au surplus, ne crois pas que tous les chrétiens qui vivent à la cour, courbent ainsi la tête devant la volonté de Julien : sans parler de ceux qui ont fait l'héroïque sacrifice de leur avenir et de leurs plus nobles ambitions, il en est quelques-uns qui, par une faveur exceptionnelle, peuvent pratiquer ouvertement leur religion et avouer hautement leur zèle pour la foi chrétienne. Des circonstances que, ni l'habileté ni la puissance de Julien n'ont encore pu écarter, leur ont donné cet avantage : les uns ont acquis, par leurs talents et leurs vertus, une popularité contre laquelle l'empereur ne veut pas encore essayer de risquer la sienne ; les autres, par la force de leur génie, jouissent auprès des officiers, des hommes d'état et même des philosophes, d'une influence et d'une considération trop reconnues pour être méprisées. Pour moi, le plus favorisé de tous, je ne dois l'indépendance complète qui m'est laissée, qu'à des liens de familiarité qui m'unissent à Julien depuis l'enfance ; il sait que pour tout ce qui ne touche pas à la religion, je lui suis dévoué jusqu'à la mort, il a éprouvé cent fois ma fidélité, et il me laisse la liberté de mon culte et jusqu'à la licence de déclarer hautement mes sympathies.

— Mais alors, dit Oréadès, pourquoi ceux qui jouissent de cette liberté ne s'en servent-ils pas auprès de l'empereur et n'essaient-ils pas, par leurs lumières et leurs conseils de le détourner de ses dangereux projets.

— Tu ne connais pas Julien, répondit Pallade, c'est un homme tout pénétré de son propre mérite, affichant un profond dédain pour les princes ses prédécesseurs. Il prétend renouveler le pouvoir et le gouvernement, et tout faire dater de son règne ; il affecte de mépriser les avis, de ne suivre que ses inspirations personnelles ; il veut que sa volonté soit la seule règle de l'Etat et que la foule puisse dire : c'est l'empereur qui fait tout, qui voit tout, qui ordonne tout. Peut-être même que ses talents et son génie ne consistent que dans cette excessive confiance en lui-même. Ajoute à cela une dissimulation profonde et poussée jusqu'à l'effronterie; une audace dans le mensonge qui dépasse toute prévision, qui se joue de la bonne foi d'un peuple, comme on n'oserait le faire de la naïveté d'un valet, et tu auras une idée de l'ennemi qui s'est levé contre nous.

— Eh bien! reprit Oréadès, si le prince ferme ses oreilles aux conseils, il faut s'adresser au peuple, l'éclairer par de sages écrits, le convaincre par l'influence de ces hommes vertueux et savants dont tu m'as parlé, et lui montrer que l'affaiblissement du christianisme sera aussi la ruine de la liberté.

— Pauvre vieillard, quelle étrange idée tu te formes des choses de ce monde! D'où te viennent de semblables espérances? Crois-tu que le peuple s'inquiète de la liberté, qu'il lise les écrits des sages? Pense-tu qu'il se laisse guider par leur parole? Non, l'autorité de l'exemple n'est même rien pour lui. La vertu, la générosité, la grandeur d'âme, l'héroïsme, la piété, ce sont des choses qui l'étonnent d'abord, qui l'amusent un instant; et puis, quand le charme de la surprise disparaît, quand l'attrait de la nouveauté ne s'y trouve plus, alors il accueille tout cela par des huées, comme sur le théâtre un spectacle trop souvent répété. Ce qui captive le peuple, ce qui provoque son enthousiasme, ce qui ne lasse point ses applaudissements, ce sont les phrases creuses des rhéteurs, les danses honteuses des histrions, la pompe banale des fêtes officielles. Le héros pour lui, c'est le vainqueur des courses, le soldat heureux ou le conspirateur couronné par la fortune ; c'est l'homme le plus fort, le plus rusé, le plus méprisable enfin ; et, lors même que cet homme l'oprime et l'écrase, il est toujours prêt à l'acclamer et à le soutenir.

Quel moyen de salut nous reste-t-il ? Une lutte ouverte serait une folie : le pouvoir de Julien s'appuye sur des forces d'autant plus redoutables, qu'elles sont brutales et aveugles. Plein de mépris pour les masses, il n'en recherche pas moins, par tous les moyens possibles, leur approbation, et, comme pour insulter à la mémoire des bons princes, une popularité inouïe sert d'appui à son pouvoir tyrannique.

Dans un siècle qui n'a plus d'admiration que pour le succès, la réussite de ses entreprises lui a valu la faveur de la multitude ; ses attaques contre le christianisme l'ont rendu populaire auprès de cette foule qui hait d'instinct tout ce qui est pur et élevé ; il se pique d'être lettré, il écrit et parvient à briller au milieu de tous les auteurs médiocres d'à-présent, ce qui le fait passer pour un ami des lettres et, aux yeux du vulgaire, orne son front de l'auréole du penseur ; enfin, par ses victoires militaires il s'est créé une autre réputation, réputation sans rivale au milieu d'une génération qui ne garde plus de la vie politique qu'une certaine gloriole militaire. L'armée, qui se couvre de gloire, est pour lui, pour lui aussi sont les rhéteurs, les sophistes, les faux sages dont il flatte l'orgueil et dont il favorise la vanité et l'hypocrisie. Et puis, s'il faut te le dire, ce triomphe du droit et de la vérité contre les entreprises de Julien, s'il était possible, on le redouterait.

Tu sais que Julien a vaincu les barbares, qu'il les a souvent repoussés ; ces triomphes font une partie de sa puissance, malgré sa feinte modestie il ne craint pas de les rappeler ; les barbares, c'est sa plus précieuse ressource ; c'est ce qui lui permet d'entretenir la guerre, d'attirer à lui tout le pouvoir et de faire valoir sans cesse la nécessité de sa présence. A l'entendre, c'est lui qui a sauvé l'Etat, c'est lui seul qui le défend et qui seul est capable d'arrêter les hordes qui le menacent. L'événement semble avoir donné raison à ces paroles, et chacun tremble que Julien ne soit dépouillé de ce pouvoir qu'il tient d'une main si énergique et si vigoureuse.

— Voilà donc, s'écria Oréadès, le secret ressort de toutes ces lâchetés et de toutes ces faiblesses : la crainte des barbares! Un grand peuple... des chrétiens s'effraient, ils ont plus de confiance dans la fortune chancelante d'un homme, que dans leur propre énergie et dans le bras de la Providence ; ils préfèrent que la vérité soit obscurcie, la justice foulée aux pieds, la religion outragée plutôt que de voir les frontières entamées par des ennemis qu'un peu de courage et de fer suffit pour arrêter. O honte! Mais sache-le bien, Pallade, toutes ces bassesses seront inutiles; les barbares viendront; ce repos, cette quiétude achetés par tant d'avilissement, seront troublés; les barbares viendront; ils commanderont à ces sénateurs avilis, à ces hommes d'état si habiles, à ces généraux, à ces soldats orgueilleux, et il n'y aura plus d'empire; les barbares seuls règneront jusqu'à ce que le Verbe divin les asservisse à son tour.

Le vieillard se tut; Pallade resta silencieux et pensif, son regard errait tristement; Oréadès s'en aperçut:

— Laissons là ces sombres discours, reprit-il. Puis, par une feinte ingénieuse, il ajouta: Tu observes ma petite demeure?

— Dis plutôt que je l'admire, répondit Junius revenant à lui-même. J'ai vu les plus pompeuses demeures de l'Orient et de l'Occident, j'ai été élevé dans le palais de Constance, sous des portiques de marbre qui se reflétaient dans les eaux bleues du Bosphore de Thrace; mais jamais je n'ai rencontré une habitation qui m'ait charmé à ce point. Comment tant d'élégance et d'agrément ont-ils pu s'unir à tant de simplicité?

— Nicea a fait cette merveille, dit le vieillard avec un sourire, c'est elle qui est la suprême maîtresse dans ce palais de la pauvreté.

— Ah! crois-moi, répliqua Junius avec vivacité, dans ce palais de la pauvreté, comme tu l'appelles, il y a plus de trésors que dans ceux des princes, car j'y vois résider la sagesse du vieil âge, les grâces de la jeunesse, la piété, la vertu, le calme de l'âme, les douces affections et cette paix que Dieu seul peut donner. Mais, à propos, tu ne m'as pas encore appris quelle affaire t'avait amené au palais ; tu le sais, j'y ai quelque faveur et je pourrais peut-être t'y servir.

— En cela tu ne pourras rien, puisque, comme tu me l'as dit, la volonté de l'empereur est inflexible. Mais pour répondre à tes propres confidences, je te parlerai de moi et de ce qui m'est advenu.

On me nomme Oréadès, je suis d'origine grecque et né dans la province romaine. Il serait trop long de te raconter par quelle suite de vicissitudes je suis venu m'établir dans la cité des Parisiens ; tu sauras seulement qu'il y a quinze ans je restai veuf ; alors, entraîné par ma propre inclination et cédant aux sollicitations de l'évêque, je m'engageai dans les ordres sacrés ; mais pénétré du sentiment de mon indignité, je n'osai pas franchir le dernier degré qui devait m'investir de la redoutable dignité du sacerdoce : je restai diacre. Le matin, je lisais aux fidèles assemblés le texte des divines Ecritures ; le soir, je distribuais aux pauvres, aux veuves et aux orphelins les secours fournis par le trésor de l'Eglise ; moi-même je vivais des dons faits à l'autel. Mais vint le règne de Julien ; les sommes déposées dans le temple furent saisies, sous prétexte que les biens temporels étaient dangereux pour les chrétiens. Ici le peuple est léger, superficiel, inconstant ; de la religion, ces hommes n'avaient compris que la charité; lorsque les distributions de secours cessèrent, ils ne vinrent plus aux assemblées : leur foi s'était évanouie avec l'argent. Bientôt l'évêque fut obligé de s'enfuir, les prêtres se dispersèrent ou moururent de souffrances et de regrets, l'église se ferma et je restai seul de tout ce clergé florissant qui louait Dieu et propageait la divine parole.

Cependant quelques familles chrétiennes, restées fidèles, m'envoyèrent leurs enfants pour que je les instruisisse de la foi chrétienne; et, comme je suis le seul ici qui prononce purement le latin et que j'a quelque connaissance des sciences profanes, de riches païens imitèrent leur exemple. Je pouvais ainsi faire un peu de bien. Mais voici qu'un nouvel édit vient d'interdire aux chrétiens la culture des lettres et la pratique de l'enseignement. C'est pour me communiquer cette ordonnance que j'ai été mandé aujourd'hui au palais. Nicca effrayée a voulu m'y accompagner. Là nous avons attendu longtemps, au milieu d'une troupe d'hommes aux visages jaunes, amaigris, aux barbes longues et hérissées, et qui, enveloppés dans des manteaux déguenillés, rôdaient autour de nous comme des renards qui flairent une proie. Enfin un officier du palais nous a donné copie de l'édit et nous avons pu nous retirer. Mais, maintenant les jours sont courts, il faisait nuit quand nous nous remîmes en route; les payens avaient déjà commencé leurs courses nocturnes, nous rencontrâmes une de leurs bandes, ils nous arrêtèrent et voulaient nous forcer à nous joindre à leurs fêtes impies, lorsque ta présence nous a délivrés de leurs mains.

— Et maintenant, dit Pallade, quelles ressources te restent?

— Je compte sur la Providence de celui qui nourrit les oiseaux des champs et qui pare le lis des vallées.

— Mon père, interrompit Nicea avec l'accent d'un doux reproche, mon père, la femme de Tobie, sur une terre étrangère, nourrissait sa famille du travail de ses mains ; pour moi je sais filer le chanvre, ourdir la toile, tisser la laine et en faire des vêtements aussi fins, aussi solides que ceux d'Arras, et je pourrai suffire à nos besoin jusqu'au retour... elle prononça les derniers mots d'une voix si basse qu'ils échappèrent aux oreilles de Pallade.

— Hé bien ! heureux Oréadès, dit-il joyeusement, te voilà ainsi plus fortuné qu'auparavant, tu seras dans l'aisance et tu n'auras qu'à te reposer comme les sophistes que tu as vu hanter par centaines le palais de Julien.

Puis, il ajouta d'un ton plus grave :

— Oui, tu es heureux ! Ici, dans cette étroite enceinte, tu trouves tout ce que l'homme peut demander sur cette terre : le calme de la retraite, les douceurs de l'étude, l'appui d'une affection pure et sans bornes, enfin les ineffables consolations de la prière... Moi, j'ai déjà parcouru la plus belle partie de mon existence, et je m'aperçois à cette heure seulement que je n'ai pas vécu. Qu'ai-je fait ? J'ai habité les palais des princes, j'ai visité les écoles célèbres, je me suis mêlé de la conduite de l'état, j'ai versé mon sang sur les champs de bataille ; j'ai été disciple intelligent, courtisan aimé des princes, homme d'état estimé, soldat intrépide; et, dans toutes ces phases si diverses de mon existence, je cherche en vain l'homme, l'homme véritable et je ne le trouve pas sous ces masques et ces déguisements d'emprunt.

Au milieu des agitations du monde, mon âme était comme prisonnière; ma bouche seule, par habitude, répétait machinalement les prières consacrées, et le bruit des affaires me suivait au pied de l'autel. Je ne sentais pas un cœur battre dans ma poitrine. Ebloui par les talents de Julien, j'étais enchaîné après lui, ne voyant rien de plus beau que la gloire qui l'environne. Mon épée n'a servi qu'à affermir un pouvoir que je déteste; et mon affection tout entière, je l'ai donnée à un homme qui était un fourbe et qui est devenu un apostat... C'est assez, je quitte...

— Prends garde, dit vivement Oréadès, prends garde, Pallade, avant de déserter le poste où la Providence t'a placé, examine et demande-toi si tu as fait tout ce qu'elle devait attendre de toi: as-tu par exemple, essayé de ramener Julien à des sentiments plus favorables au christianisme?

— Je l'ai fait inutilement: à mes plaintes, Julien a répondu par des subterfuges; à mes raisonnements, par des sophismes; à l'éloquence de mon indignation, par les traits acérés de son ironie. Tout est inutile.

— Peut-être, répliqua Oréadès, n'as-tu lutté que faiblement? Au milieu du tumulte des affaires, comme tu viens de le dire, tu ne sentais pas assez vivement l'importance de la cause que tu défendais ; mais maintenant que, par une de ces faveurs qu'accorde le Ciel, ton âme s'est éclairée et retrempée, tu combattras avec plus de force et peut-être avec plus de succès.

— Non, répondit Junius, je ne veux plus rentrer sur cette scène ingrate; j'ai assez travaillé et souffert pour les hommes, je veux vivre maintenant pour Dieu et pour moi-même... Ecoute, Oréadès : tu es âgé, faible et pauvre; je suis jeune, influent et riche, assez pour enrichir dix familles sans m'appauvrir ; tu demeures dans une chétive maisonnette, sous un ciel brumeux ; moi, j'ai dans ma riante Italie de nombreuses villas, au milieu des plaines verdoyantes, sur des côteaux fertiles, abritées, dans les vallons, contre les rigueurs de l'hiver, ou assises, auprès de l'océan immense, sur des plages constamment rafraîchies par la brise maritime. Viens donc, laisse cette ville malheureuse où le nom du Christ ne compte plus d'adorateurs; viens, tu m'instruiras dans la science de la sagesse divine dont tu as su pénétrer les secrets !

— S'il plaît à Dieu, répondit le vieillard, je mourrai ici et mes cendres y reposeront.

— Eh bien ! s'il le faut, c'est moi qui abandonnerai la terre de mes aïeux ; ton pays sera ma patrie, tes amis, tes parents seront les miens, ta fille sera ma sœur, je serai ton fils.

— J'ai un fils.

— Tu as un fils ?

— Un fils adoptif.

Junius ne répondit pas ; Oréadès poursuivit :

— Il se nomme Simpulius ; les ordres de l'empereur l'ont appelé depuis peu sous les armes, il est parti ; j'ignore dans quel lieu il se trouve et dans quelle légion il a été incorporé.

Pallade resta pensif, son regard se dirigea vers Nicea ; mais la chambre n'était éclairée que par la petite lampe qui brûlait devant l'image sainte, et, un vase où trempait un rameau béni projetant son ombre sur le front de la jeune fille, voilait entièrement ses traits. Après quelques instants d'hésitation, l'officier romain se leva et dit d'une voix qui trahissait une émotion mal contenue :

— Ainsi, il n'y aura point d'asile pour mon âme délaissée... Puis il ajouta :

Oréadès, ce que tu me commandes, je le ferai ; mais apprends au-devant de quels dangers tu m'envoies. Je porte à l'empereur la nouvelle qu'un corps de Germains s'avance vers les frontières du Rhin ; demain, sans doute, l'armée quittera Lutèce, et, dans quelques jours, je disputerai ma vie sur un champ de bataille.

— Notre existence est entre les mains de Dieu, répondit le vieillard.

— Ces périls, poursuivit Junius, je les ai bravés cent fois ; mais je vais faire ce que personne n'a osé, ce que nul même n'a tenté impunément, je vais lutter de front contre la volonté de Julien.

— Le Seigneur sait maîtriser la fureur des méchants, dit encore Oréadès.

— Et pour que rien ne manque aux douleurs qui vont m'environner, je traînerai la tristesse et la solitude de mon âme au milieu des bassesses humaines et de l'indifférence des créatures.

— Il n'y a de tristesse que pour l'âme coupable, et de solitude que pour celle qui n'aime pas Dieu.

— Eh bien donc! s'écria Pallade, puisque tu me rejètes ainsi au milieu de cette arène fatale, au moins élève ton bras pour me bénir, saint homme, car je vois bien que l'Esprit divin parle par tes lèvres.

Et en disant ces mots, il se jeta aux pieds du vieillard, qui étendit sur son front ses mains amaigries. Junius se releva et franchit le seuil de son hôte:

— Adieu! maintenant, dit-il avec tristesse.

Nicea s'était penchée à l'oreille de son père qui retint le jeune officier et lui dit:

— Pallade, tu as un grade élevé dans l'armée, tu es puissant, si jamais tu rencontres Simpulius, souviens-toi que le vieil Oréadès l'attend et qu'il en doit être le soutien.

— Il n'était pas besoin de me le dire, j'y songeais, répondit Junius. Adieu! que le Christ bénisse votre bonheur.

— Adieu! que la paix de Dieu t'accompagne, et que son bras te protége...

— C'est un grand cœur, dit Nicea, en voyant l'officier disparaître dans la brume.

— Oui, répondit Oréadès, et s'il n'était chrétien, ma fille, il faudrait le plaindre, car c'est pour de tels hommes que sont faites les grandes souffrances de l'âme.

Il était tard, la grande Ourse, inclinée vers l'Orient, marquait une heure avancée. Pallade pressa le pas se dirigeant vers le palais; dans le lointain on entendait les payens qui continuaient encore leurs rondes frénétiques et répétaient en chœur leur refrain monotone.

II.

JULIEN L'APOSTAT.

—

En apprenant la nouvelle que lui apportait Pallade, Julien se hâta de tout disposer pour un départ immédiat; il passa la nuit entière sans repos, donnant des ordres aux officiers, dictant des lettres à ses secrétaires, veillant lui-même aux moindres détails de l'expédition qui se préparait; et le même jour, l'armée romaine tout entière quittait Lutèce et se dirigeait vers la frontière du Rhin. Après quelques jours d'une marche rapide, les Romains se trouvèrent en présence des barbares, étonnés de cette arrivée inattendue. L'empereur aurait désiré profiter de la surprise des ennemis et livrer bataille immédiatement; mais cela était impossible : le jour se trouvait déjà avancé, les soldats étaient fatigués de leur marche, et les Germains, qui ne paraissaient pas non plus disposés à combattre, s'étaient retranchés derrière leurs chariots où il aurait été téméraire de vouloir les forcer, dans de pareilles conditions. Julien fut donc obligé de retarder l'heure du combat ; il fit établir son camp sur un plateau, en face de celui des barbares, et laissa aux soldats le reste du jour pour se reposer ; lui-même se retira dans sa tente pour y régler quelques affaires pressantes et se livrer à des causeries familières et philosophiques.

Sur le soir, Junius, après avoir accompli les devoirs de sa charge et inspecté les quartiers militaires qui dépendaient de sa surveillance, se rendit auprès de Julien pour prendre ses derniers ordres ; selon son habitude, il entra dans la tente impériale sans se faire annoncer. Julien était assis auprès d'une table : c'était un homme au teint bilieux, à la barbe négligée, au regard douteux et inquiet ; il était simplement vêtu ; un ample manteau d'une étoffe grossière s'enroulait autour de sa poitrine et l'enveloppait complètement, ne laissant que son bras droit de libre. Près de lui étaient assis trois hommes dont le costume et la physionomie semblaient copiés sur celle du maître ; l'un d'eux écrivait sous la dictée de Julien, le troisième, qui paraissait plus jeune, se tenait dans l'ombre et à l'écart.

En voyant entrer Junius, l'empereur le salua d'un geste familier et amical, les autres personnages restèrent immobiles et comme plongés dans leurs méditations. Pallade prit un siége, s'approcha de la table et, jetant un regard sur les papiers étalés et sur le secrétaire de Julien, il dit d'une voix calme :

— Encore une ordonnance contre les chrétiens.

— D'où te vient ce soupçon ? répondit l'empereur.

— Quoi donc ? répliqua Pallade, est-ce sans motif que ces trois ennemis des chrétiens sont réunis ici ? Est-ce en faveur des Galiléens que Thémistius écrit sous ta dictée ? Je n'ai que trop souvent pu constater le résultat de ces assemblées fatales, et je sais combien de mesures persécutrices, de décrets ennemis ont été préparés, formulés et promulgués au milieu de ces conciliabules...

— Vraiment, interrompit Julien, quel mal ai-je donc fait aux chrétiens ? de quelles persécutions peut-on m'accuser ?

— Tu le demandes? As-tu oublié les édits en vertu desquels les biens ecclésiastiques ont été confisqués, les ordonnances qui ont déclaré les chrétiens inhabiles à remplir des fonctions publiques, qui les ont chassés des chaires profanes et leur ont interdit le droit d'enseigner?

— Pallade, dit Julien d'un ton mesuré, je te connais depuis longtemps : j'ai pu apprécier la vivacité de ton intelligence, l'indépendance de tes opinions, la sincérité de tes convictions, la netteté de tes vues ; je ne te confonds pas avec ces hommes qui cachent sous des dehors brillants leur inepte médiocrité ; je ne te crois pas l'esclave de préjugés vulgaires ; tu sais apprécier les choses, on peut te découvrir sans crainte, de secrètes inspirations qui ne peuvent être révélées à la foule ; devant toi il m'est permis de m'exprimer franchement ; je te parlerai donc et même je te parlerai en chrétien sincère et éclairé.

Est-il besoin, du reste, de te le dire, mes actes, aux yeux de tout homme non prévenu, ne sont-ils pas un témoignage éclatant de la pureté de mes intentions? On se plaît à me dénoncer comme un persécuteur et un ennemi acharné des chrétiens ; et pourtant quelle a été ma conduite depuis le jour où je suis parvenu au pouvoir, si ce n'est celle d'un véritable défenseur du christianisme ? défenseur, sache le bien, plus réel que ceux qui me poursuivent de leurs invectives aveugles et inconsidérées.

Mon avènement au trône seul a été déjà le salut du christianisme. Où serait-il à cette heure, si je n'avais été là pour arrêter les barbares qui franchissaient les frontières ? Que seraient devenus et les chrétiens et leur culte au milieu des désordres de la conquête ? Comment ces évêques, si tenaces, auraient-ils résistés aux lois brutales des Francs et des Germains ? Mais pourquoi rappeler de semblables services qui ont été communs à tout l'empire, alors que je puis parler des bienfaits particuliers que j'ai rendus aux chrétiens ?

Si le christianisme s'est ravivé, s'il s'est épuré sous mon règne, si, en un mot, il subsiste encore, à qui le doit-on sinon à moi-même et à toutes ces mesures que l'on me reproche ?

Non-seulement je n'ai rien entrepris contre la vie ou les biens des chrétiens, mais encore je les ai protégés, défendus contre leurs propres coréligionnaires, j'ai rappelé d'exil ceux qui y avaient été envoyés, je les ai réintégrés dans leurs fortunes que je pouvais abandonner aux mains du fisc. Après cela j'avais à attendre d'eux, ce me semble, autre chose que des récriminations et de l'ingratitude.

Sous les princes mes prédécesseurs, un zèle indiscret avait mêlé la religion du Christ à la politique, compromettant ainsi, à la fois, les intérêts de la chose publique et la dignité de la religion ; les sollicitudes mondaines des affaires temporelles s'étaient glissées au milieu des questions d'un ordre purement spirituel, il en résultait une confusion déplorable, également fatale à ces deux ordres de choses. C'est à détruire ce mal, à séparer nettement ces éléments incompatibles, que je ne cesse de m'appliquer ; c'est dans ce but qu'ont été promulgués les édits dont tu crois devoir me blâmer.

J'ai fait verser dans le trésor de l'Etat les richesses acquises par certaines églises, parce qu'elles étaient une source de scandales, qu'elles suscitaient des divisions et des jalousies et servaient à fomenter des désordres dont le christianisme avait encore plus à souffrir que l'Etat. J'ai interdit aux chrétiens l'étude des lettres profanes : comment accorder en effet les enseignements évangéliques avec les doctrines des philosophes ? Dans ce conflit, la foi chrétienne était exposée et les livres des anciens auteurs se trouvaient en danger d'être altérés ou dénaturés. Il en a été de même pour la jurisprudence ; c'est par égard pour le christianisme aussi bien que dans l'intérêt de la législation civile que j'ai écarté les chrétiens du forum. Pouvaient-ils être appelés à prononcer des sentences cruelles, à rendre des jugements dont la sévérité est interdite à leur charité? Du reste, il ne peut se faire que des hommes entièrement voués à la contemplation du monde surnaturel, puissent s'abaisser à l'étude des choses terrestres ; il faut pour cela des gens plus grossiers; la terre ne saurait être gouvernée par des théories aussi abstraites ; la direction des affaires exige des idées plus larges et plus pratiques. Si les chrétiens essayaient de réaliser ce rêve impossible, ils en viendraient, ne pouvant soumettre le monde réel à la règle trop parfaite de leurs sublimes conceptions, ils en viendraient à les resserrer elles-mêmes dans le cadre fangeux des choses matérielles.

Oui, mon cher Pallade, tel serait le résultat, que dis-je ? tel a été déjà le résultat de cette confusion fâcheuse. Tu peux constater encore les effets déplorables du zèle malentendu qui a égaré, dans ces derniers temps, les évêques et ceux de mes prédécesseurs qui ont cédé à leur influence. Une semblable politique ne fera jamais que susciter dans l'Etat des tiraillements et des luttes, dans la religion le désordre et le relâchement. Et d'ailleurs, le Christ l'a dit : mon royaume n'est pas de ce monde ; je réalise donc cette parole en m'efforçant de séparer deux ordres de choses qui ne peuvent s'accorder : le spirituel et le temporel. Je laisse aux chrétiens la liberté de leur culte, mais aussi je me crois en droit d'exiger pour l'empereur, l'indépendance politique.

Voilà, Pallade, mon but, mes intentions, et je crois, en poursuivant leur accomplissement, assurer à la fois la paix de l'Etat et la tranquillité de l'Eglise.

— Est-ce tout ce que tu avais à me dire, répliqua Junius ?

— C'est tout.

— Eh bien ! je puis te répondre. Tu m'as parlé comme à un écolier un langage enveloppé et spécieux, mais cependant trop simple encore pour m'éblouir.

Ce n'est pas à moi que tu feras croire que notre religion sainte n'est qu'une théorie nuageuse. Son œuvre n'est pas seulement d'étaler la pompe d'une doctrine épurée, mais d'imposer cette doctrine au citoyen, au guerrier, à l'homme d'état, au magistrat, à l'orateur, au prince ; elle est appelée à perfectionner l'ordre instable, les choses humaines et non les choses divines qui sont immuables. Que, si tu brises les liens étroits qui tendent à la confondre avec l'ordre social et politique, tu entraves sa mission ; mieux que cela, tu ruines son existence.

La société chrétienne n'est pas un mythe, une abstraction appelée à vivre seulement dans le cerveau des penseurs ou dans les feuillets d'un livre. Ses membres sont des hommes vivant de la même vie que les autres hommes ; son fondateur lui-même était un homme et un homme réunissant en lui deux natures dont la coéxistence pourrait sembler impossible... Mais à quoi bon tant de paroles ? tu sais cela, Julien, et aussi bien que moi. Ton but, c'est de ruiner l'Eglise, et tu as trouvé le moyen d'y parvenir sans violence apparente ; comme ce tyran des anciens jours, tu as juré de ne la tuer ni par l'eau, ni par le feu, ni par le fer, mais tu veux la faire périr d'inanition, car tu sais que l'esprit ne peut habiter un corps que la vie physique a délaissé.

— Voici donc comme ma conduite est jugée par vous tous ; car tes paroles ne sont évidemment que l'écho de celles de tes coreligionnaires ; c'est ainsi qu'ils me marquent leur reconnaissance ; tout ce que j'ai fait pour eux est oublié, mes intentions, mes actes sont travestis et interprétés avec malice. Eh bien ! Pallade, j'écris en ce moment au gouverneur d'Edesse, un homme que tu détestes et que tu considères comme le plus ardent ministre de mes prétendues persécutions, lis donc et juge par toi-même l'un de ces injustes et tyranniques décrets.

Pallade prit la lettre que lui présentait l'empereur et lut à demi-voix :

« Nous ne voulons point que l'on moleste les « Galiléens, qu'on leur fasse violence, qu'ils soient « menés de force dans les temples, ni emprisonnés ou punis sans cause. Mais nous avons « appris qu'abusant de la licence qui leur est « accordée et de l'impunité dont ils jouissent, « quelques-uns de leurs évêques les excitent « contre nous et cherchent à occasionner des « émotions populaires. Fais-leur donc savoir, et « spécialement au clergé, qu'ils ne sont point « affranchis de l'obéissance due aux lois qui

« gouvernent tous les sujets de l'empire, que nous « leur enjoignons, s'ils ne veulent en éprouver « la rigueur, de ne point faire de séditions, d'obéir « aux magistrats, de ne point suivre, en dehors « des choses religieuses, les paroles insidieuses « de certains clercs passionnés, de ne pas com- « ploter en secret, ni de s'assembler dans des « réunions illégales... »

— C'est cela, s'écria Junius en rejetant la lettre, il ne manquait plus que cette dernière chaîne pour lier complétement les chrétiens. Dépouillés de tout, chassés des tribunaux, des écoles, privés de toutes les fonctions civiles et publiques, réduits à l'état d'êtres déclassés, il ne leur restait plus que le droit de parler et de s'assembler pour les intérêts de leur religion, et tu leur enlèves, par ce coup, le dernier souffle.

Tu es habile, Julien! tu sais admirablement faire parler le langage de la modération aux ordres les plus tyranniques, et revêtir du manteau des lois, les actes les plus contraires à la justice et aux droits des gens.

Que feront-ils maintenant, ces misérables Galiléens ? Par quelle issue s'échapperont-ils du cercle qui les enserre ? Si les évêques élèvent la voix pour avertir les fidèles, les prémunir contre le mensonge, leur signaler les piéges et les dangers qui menacent l'Eglise, on les forcera à se taire. Si les chrétiens s'assemblent pour secourir leurs frères malheureux, veiller au salut de leur religion, que dis-je ? pour implorer l'appui du Ciel, on les dispersera comme des séditieux ; et cela, au nom des lois, au nom de l'ordre et du repos public. Alors ton rêve sera prêt de s'accomplir, il n'y aura plus que la volonté de l'empereur pour gouverner l'Etat et, pour régler le monde moral, que les sophismes d'une philosophie usée et impuissante.

— C'en est trop ! s'écrièrent les deux hommes placés aux côtés de Julien, on ne peut entendre plus longtemps blasphémer, insulter ainsi ces projets divins qui doivent régénérer l'humanité et affranchir les peuples du joug de la tyrannie et de l'erreur ? Laisse-nous, immortel empereur, réfuter ces vaines paroles.

— Dignes esclaves d'un tel maître ! continua Junius en s'adressant aux deux sophistes, osez-vous bien parler de tyrannie et d'erreur ? au milieu de la foule cela peut se faire, mais ici, devant moi, devant votre complice qui connaît tous vos plans d'ambition et d'orgueil, c'est trop d'effronterie ! Que vous importent les peuples et l'humanité, la liberté et le vrai ? Ce que vous voulez, c'est de pouvoir traîner votre paresse ignorante sous des portiques de marbre, c'est de revêtir votre orgueil des livrées du prince, c'est d'être attachés, être nuls, au râtelier de la faveur et du succès.

Les deux courtisans élevèrent les mains avec une exclamation de colère.

— Mes amis, interrompit Julien avec un sourire, vous ne voyez donc pas que notre cher Junius veut étaler son éloquence et nous montrer qu'il n'a pas, dans les camps, oublié les leçons des maîtres de Rhodes et d'Athènes. Laissez-le faire briller les ressources de sa dialectique, l'éclat merveilleux de ses épithètes et de ses périodes. Allons, mon très cher, parle, nous t'écoutons.

— Oui, je parlerai ; aussi bien trop longtemps je me suis tu...

— Cet exorde n'est pas nouveau, dit l'empereur à voix basse, mais il vient admirablement à propos.

Pallade continua : Je me suis tu, aveuglé par une vieille amitié, bercé d'une vague espérance, déçu je ne sais plus par quelle folle illusion...

— Bien, très bien, reprit Julien, mais ramène

un peu les pans de ta chlamyde, tes gestes en auront plus de grâce.

Junius s'arrêta, croisa ses bras nerveux sur sa poitrine et regarda fixement l'empereur.

— Me prends-tu, lui dit-il, pour un comédien ou un rhêteur? Suis-je ici pour débiter un rôle?

— Vraiment, mon cher Pallade, répondit Julien, dont le regard oblique fuyait celui du jeune officier; vraiment je ne sais quel mauvais œil t'a frappé aujourd'hui. Calme-toi un peu et continue ta harangue: j'imposerai silence à mon admiration.

— Julien, dit Pallade, dont la voix s'élevait par degrés, tu veux me pousser à bout, tu prétends arracher à mon impatience mes pensées les plus secrètes; eh bien! sois satisfait, tu vas savoir tous les griefs que j'ai contre toi.

Tu m'as trompé, tu t'es joué de ma simplicité et de mon affection; moi seul, entre tous les chrétiens, n'avais pas deviné tes desseins cachés, et, tu avais déjà renié le culte du vrai Dieu, sacrifié aux idoles, que je te croyais chrétien sincère, que je t'accompagnais encore aux assemblées des fidèles, où tu osais amener ton hypocrisie. Tu m'as infligé la honte la plus poignante qui puisse étreindre le cœur d'un homme, la honte d'avoir partagé l'amitié d'un fourbe, et, à cette heure encore, j'éprouve l'atroce supplice de détester l'empereur sans cesser de regretter Julien. Mais du moins je te connais, je sais quels sont tes projets, tes désirs et tes haines.

Tu as juré l'anéantissement du christianisme ou plutôt de son prestige et de son influence. Ce n'est pas, comme tu affectes de le dire, contre la démence des Galiléens que lutte ton zèle ; les superstitions ne t'effraient pas et il y a encore dans tes temples des autels pour les dieux nouveaux. Mais ce que tu redoutes, c'est la doctrine et les dogmes chrétiens ; ce que tu veux détruire, c'est le pouvoir dont la confiance des peuples et la sagesse de tes prédécesseurs ont investi les évêques, les chrétiens ont beau être soumis, dociles aux lois de l'Etat, leur silence lui-même te condamne, et tu n'ignores pas que les progrès de la religion sont autant de conquêtes faites sur les projets de ton ambition.

Le souvenir de la puissance des premiers Césars ne laisse aucun repos à tes désirs : ce n'est pas assez de commander à des sujets, tu veux dominer des âmes ; tu veux que la religion fasse partie de la machine gouvernementale, que les évêques, comme les prêtres du paganisme, soient tes valets, afin que le chef de l'Etat puisse d'une seule main comprimer tous les ressorts qui conduisent le monde. Personne ne s'oppose à tes projets, ni les soldats ignorants et dévoués à ta fortune, ni le peuple, masse aveugle qui ne demande que du bien-être et des plaisirs, ni les philosophes, que leurs doctrines désorganisées laissent à la merci de tes volontés. Seuls les chrétiens te font obstacle, sujets fidèles, mais qui ne vendront jamais leurs consciences. C'est pour cela que tu les poursuis; c'est contre une doctrine indépendante et relevant de Dieu seul que se dirigent tous les coups et toutes les ressources de ta rage hypocrite.

En ce moment, le jeune philosophe, qui se tenait à l'écart et jusqu'alors était resté spectateur muet de la scène, rompit le silence et, s'adressant à Junius, il lui dit d'une voix calme et harmonieuse :

— Mon cher Pallade, ta conduite, depuis quelques instants, m'étonne et m'afflige. Malgré nos dissentiments d'opinions, une estime réciproque nous unit; je combats la doctrine des chrétiens, mais j'admire leur morale et je la suis. Que dois-tu penser de mes sentiments à ton égard en ce moment ? Quels sont ces emportements qui t'agitent ? ces injures ? cette violence ? Une telle colère suffirait pour montrer que tu défends une mauvaise cause. Tu oublies les ménagements que tu dois à tes semblables, les respects qu'il faut rendre à la majesté impériale, la fidélité et l'obéissance qui doivent faire courber la volonté du sujet devant celle du chef de l'Etat. Ta conduite, ce soir, est aussi contraire aux enseignements de Jésus, de Marc et de Jean, qu'aux principes de Socrate et de Pythagore.

— Hermolaüs, répondit Junius, lorsque je suis à la tête de mes cohortes, et qu'élevant la main je donne le signal du carnage, lorsqu'au milieu de la mêlée je m'élance en avant, foulant sous les pieds de mon cheval les mourants et les cadavres, et que je tranche d'un fer impitoyable l'existence d'êtres qui me sont inconnus et qui sont des hommes comme moi, qui songe à me blâmer ? Me reproche-t-on de manquer à mes devoirs de chrétien ? Me rappelle-t-on que Dieu nous a dit : Tu ne tueras pas ? Non certes ! c'est que je remplis mon devoir de soldat, et le Christ ne nous a pas défendu d'être soldats. Hé bien ! maintenant, quand je fais éclater la voix de mon indignation, lorsque j'écrase de ma colère les honteuses allégations des sophistes et des tyrans, je ne suis pas coupable, je ne manque pas à la loi chrétienne, car je remplis mon devoir de citoyen et le Christ ne nous a pas défendu de l'être.

Oui, c'est mon devoir d'homme libre et de citoyen de démasquer les fourbes, de poursuivre l'erreur et le mensonge, de veiller au salut de la chose publique ; c'est mon devoir, tout en respectant, d'après l'ordre de Dieu, le chef de l'Etat, de lui donner des avertissements, et, selon la mesure que m'accordent les lois antiques du pays, de lutter contre les usurpations d'un pouvoir tyrannique.

Ce devoir, je viens de le remplir, et, s'il fallait achever la tâche, je m'adresserais maintenant à toi. Je ne te parlerais point comme à ces hommes, mais je te dirais : Hermolaüs, tu es un insensé; tu poursuis de folles chimères, alors que la vérité porte son flambeau à côté de toi ; enivré des fumées de ta vanité, tu entasses systèmes sur systèmes, et tu cherches à former un monstrueux assemblage de la morale chrétienne entée sur des théories mensongères ; tu crées au-delà de la tombe, dans ta pensée, un monde autre que celui qu'a révélé le Christ ; tu peuples ton cerveau de rêveries décevantes qui t'abandonneront au moment suprême. Pauvre Hermolaüs, qui te laisses prendre aux séductions du premier inconnu que rehausse l'éclat de la puissance et du talent, te voilà maintenant attaché à la fortune de Julien, poursuivant en aveugle la ruine du christianisme que tu sais admirer cependant, et cela, parce qu'on a fait retentir à tes oreilles de grands mots d'humanité, d'émancipation, de science, de morale, de liberté. Si jamais ce but malheureux que tu poursuis de tes efforts, venait à être atteint, tu verrais alors, au lieu de toutes ces grandes et généreuses pensées qui remuent maintenant le monde, et qui sont écloses au sein de la société chrétienne, tu verrais la terre gouvernée par l'avilissement, l'ignorance, le désordre organisé et la tyrannie. Que feriez-vous alors, toi et tes rares disciples ? Quelles barrières opposeriez-vous au mal triomphant? Dans votre impuissante indignation, vous prêcheriez la révolte, vous égorgeriez les princes, vous soulèveriez le peuple, et comme cela s'est déjà fait, vous le conduiriez de la licence à l'asservissement, de l'esclavage à l'anarchie, jusqu'à cet état de démoralisation politique qui, à une nation, ne laisse pas même la force de désirer la liberté!

Mais, grâce à Dieu, ce danger n'est pas à redouter : le christianisme vivra. Oui, Julien, tu as beau relever ta tête altière, le temps des Césars est passé, dès maintenant c'est le Christ qui règne! c'est le Christ qui triomphe ! c'est le Christ qui commande ! *Christus regnat* ! *Christus vincit* ! *Christus imperat* ! et félicite-toi de ce que son pouvoir me domine moi aussi : le sang de la famille Junia coule dans mes veines ; rappelle-toi quel était Junius avant que la loi évangélique eût entièrement asservi sa volonté. O vieille liberté de ma patrie ! ô grandes ombres des Brutus! pardonnez à votre fils dégénéré ; c'est un Dieu qui a fait ce changement. Et toi, Julien, encore une fois félicite-toi ! si Junius était païen tu ne sortirais pas vivant d'ici !

Les spectateurs firent un mouvement; une convulsion nerveuse crispa rapidement la face livide de l'empereur, mais, sans laisser paraître son émotion, il répondit froidement au jeune officier qui s'était levé et, le bras étendu, se tenait debout devant lui :

— Pallade, tu abuses de ma patience et des droits que t'a accordés mon affection indulgente; je ne t'en punirai pas, mais prends garde que ces paroles que j'ai pu écouter ici, dans le sanctuaire de l'intimité, n'éclatent au dehors.

— Julien, répliqua Pallade, ne parle pas de ton indulgente affection pour moi. Cette indulgence n'était que du dédain : à tes yeux j'étais un soldat insouciant, superficiel, ignorant ; tu pensais qu'un peu de gloire militaire suffirait pour m'éblouir et me faire fermer les yeux sur les malheurs de la religion et de la patrie ; si tu n'as jamais puni la liberté de mon langage, c'est que tu as appris que mon énergie grandit devant la violence et faiblit au premier mot amical.

— Ainsi, tu crois l'empereur impuissant à trouver un joug pour tes épaules indomptables ?

— Tu l'as dit ; et aucune punition, aucun supplice ne pourra faire courber ma volonté.

— C'est ce que nous allons voir.

— Dès à présent si tu le veux ; je suis prêt à marcher à la mort et sur l'heure.

— Non, Pallade, ce n'est pas ce que je te réserve : tuer un adversaire, ce n'est pas le dompter... Quel est ton grade dans l'armée ?

— Depuis peu, par tes ordres, je suis préfet de la septième légion.

— Hé bien ! dès ce moment tu es soldat...

— C'est bien, dit l'officier. Et détachant son baudrier d'or il le posa sur la table de l'empereur.

— Je veux savoir si l'élégant Pallade sait aussi bien porter le sayon que la cotte d'armes bordée de pourpre.

— Les soldats chrétiens ont toujours bonne grâce, répliqua Junius.

— Sont-ils fiers, ces Galiléens, murmura l'empereur.

— Ils sont fiers, mais ils ne sont pas orgueilleux.

— Tais-toi, s'écria Julien d'une voix impérieuse, jusqu'à présent j'ai écouté les folles impertinences de Pallade, maintenant c'est assez... Soldat! va-t-en.

Le visage de Junius s'empourpra d'indignation, mais il se contint et sortit lentement.

III.

LA COHORTE CHRÉTIENNE.

Le lendemain, à peine l'aube du jour commençait-elle à pâlir l'horizon, que l'armée romaine se développa dans la plaine qui séparait les deux camps. La septième légion fut la première rangée à son poste, à l'aile droite, et les soldats qui la composaient, s'étonnaient de ne pas voir apparaître leur chef, si prompt d'ordinaire à venir se mettre à leur tête. Un sourd et long murmure courait déjà dans les rangs, lorsqu'ils virent arriver Pallade à pied et dans le costume d'un simple légionnaire. Il portait une caracalle de grosse laine agrafée sur sa poitrine où brillaient un collier et des phalères d'or, marques d'honneur gagnées dans les combats; des lanières de cuir épais, serrées sur ses flancs, lui servaient de cuirasse ; un grand bouclier carré, en bois et cerclé de fer, chargeait ses épaules ; d'une main il tenait son casque, de l'autre il balançait deux fortes piques. Il passa stoïquement le long des rangs et se dirigea vers une cohorte placée à l'arrière-garde de la légion. Les soldats qui composaient cette troupe étaient presque tous des officiers qui avaient été révoqués de leurs grades à cause de leur zèle pour la foi chrétienne ; ils accueillirent le nouveau venu avec de vives démonstrations de joie : Il y a longtemps que nous t'attendions, dirent les uns ; il ne manquait que cela à la gloire de Pallade, ajoutèrent les autres. Et ils donnèrent à Junius la place d'honneur.

Cependant l'armée continuait à prendre ses positions. Les légions alignaient leurs rangs, la cavalerie serrait ses escadrons. En tête des Germains auxiliaires, on voyait des cavaliers qui faisaient caracoller leurs chevaux, jetaient en l'air leurs longues lances, les rattrapaient adroitement et chantaient un chant de guerre dont tout l'escadron répétait en chœur le refrain. Ici les soldats étendaient les mains vers les aigles et les images impériales, là les tribuns haranguaient leurs cohortes, partout on entendait un bruit de voix confuses qui montait ou s'abaissait graduellement, et les centurions, élevant leurs bâtons de sarment, calmaient l'impatience des légionnaires.

Tout à coup une clameur immense s'éleva, à laquelle succédèrent des cris confus, un bruit d'armes, un trépignement sourd qui faisait trembler le sol : c'était l'armée des barbares qui, prévenant l'attaque, s'était jetée tout entière sur l'aile droite des troupes romaines. Deux ou trois cavaliers passèrent au galop se dirigeant vers le quartier de l'empereur. Le tumulte croissait, quelques soldats sortirent des rangs à la dérobée ; bientôt on vit paraître des blessés et des fuyards, puis leur nombre augmenta ; ils arrivaient par groupes ; des oscillations se manifestèrent dans les lignes, les cohortes commencèrent à se désorganiser et enfin les soldats du front de bataille se rejetèrent sur ceux qui étaient placés derrière eux et rompirent leurs rangs ; en un instant la légion ne présenta plus qu'une masse confuse ; en vain Julien lui-même apparut à cheval revêtu de ses insignes ; sa voix fut méconnue ; il mit pied à terre et essaya inutilement de rétablir l'ordre ; il saisit un étendard ; le porte-aigle, un colosse, renversa l'empereur et continua sa fuite épouvantée.

Une seule cohorte était restée intacte, c'était celle dont Pallade faisait partie ; les vieux officiers qui la composaient demeuraient calmes au milieu du bouleversement général ; sans avoir reçu aucun ordre ils avaient développé leurs lignes de manière à présenter à l'ennemi un front plus étendu et, pour ne pas être emportés par la masse des fuyards, ils s'étaient rangés obliquement. De temps à autre un soldat chrétien venait se rallier derrière eux ; l'un d'eux, qu'à la blancheur de son teint, à ses yeux bleus on reconnaissait pour un Gaulois, vint se mettre à côté de Junius qui lui fit place. Pendant que la déroute de la légion s'accomplissait, ces hommes s'agenouillèrent et, appuyés sur leurs piques, ils se mirent à prier :

O Dieu puissant ! disaient-ils à demi-voix, accorde-nous la victoire ! Toi qui as englouti les cavaliers de Pharaon, qui as armé le bras de Judith, donne la force à nos bras et le courage à nos cœurs ! O toi qui as triomphé dans le vallon de Jezraël, sois notre glaive comme tu as été celui de Gédéon ! Dieu des armées, combats pour nous ! Dieu fort, étends ton bras redoutable, dissipe nos ennemis ! O Père saint, protége nous ! O Fils rédempteur, sauve nous ! O Esprit vivificateur, exalte aujourd'hui ton saint nom !

Cependant les ennemis ne trouvaient presque plus de résistance ni d'adversaires; ils s'avançaient égorgeant les fuyards, dépouillant, décapitant les morts et les blessés ; on les voyait accourir hurlant leurs victoires, bondissant avec des gestes bizarres et jouant avec les têtes des légionnaires romains.

A cette vue, les soldats de la cohorte chrétienne se levèrent tous ensemble : — Le Christ avec nous ! s'écrièrent-ils d'une seule voix. Et par un mouvement rapide de conversion, ils se précipitèrent sur l'ennemi.

L'effet de cette rencontre fut étrange. Les premiers rangs des Barbares, qui, sûrs de la victoire, couraient en avant sans ordre et en chantant, furent surpris sans avoir eu le temps de se mettre en défense. Pressés entre la cohorte romaine et les masses qui les poussaient, ils ne pouvaient faire usage de leurs armes ; ils tombèrent presque tous, les uns sous les coups des romains, les autres percés par leurs propres compagnons, d'autres enfin écrasés contre les pavois de la cohorte ; en un instant il s'éleva entre les combattants comme un mur de cadavres qui suspendit la lutte.

Cependant les Germains, en voyant le petit nombre de leurs adversaires, reprirent courage et revinrent à la charge ; les chrétiens ne reculèrent pas, serrés les uns contre les autres, ils recevaient l'ennemi à coups de piques et formaient comme un mur inébranlable. Furieux d'une résistance si inattendue, les Barbares s'acharnaient après cette petite troupe sans pouvoir l'entamer ; par moment seulement un vide, aussitôt effacé, se formait, une voix étouffée disait : Seigneur, je remets mon esprit entre tes mains ! c'était un soldat chrétien qui tombait. Peu à peu le nombre de ces héros diminua, quelques-uns seulement restèrent debout; ils combattaient toujours, mais ne pouvaient plus arrêter l'ennemi. Néanmoins, leur dévoûment n'avait pas été inutile. Pendant qu'ils se faisaient tuer ainsi, Julien avait achevé de ranger ses troupes, et, avec le centre et l'aile gauche de son armée, il tournait les lignes des Germains ; lui-même marchait à la tête de ses soldats le bras levé et s'écriant : Ils sont à nous ! Les Barbares pris de flanc n'essayèrent même pas de résister, ils coururent se renfermer derrière leurs charriots où les Romains les poursuivirent. En un moment le champ de bataille se trouva déplacé.

Le lieu où le premier combat avait été livré, était couvert de cadavres et de débris sanglants :

les soldats chrétiens étaient étendus, le visage tourné vers le ciel, les mains jointes sur la poitrine ou les bras en croix; les blessés remuaient leurs lèvres dans une dernière prière. Le légionnaire gaulois qui avait combattu aux côtés de Junius, seul avait, comme par miracle, échappé à la mort et aux blessures; mais il avait vu tomber Pallade. Après la retraite des ennemis, il se pencha vers lui, le souleva à demi, dénoua son casque et le lui ôta; le blessé rouvrit les yeux, jeta ses regards autour de lui et dit d'une voix faible:

— Merci, camarade; comment vont les choses?

— Nous sommes vainqueurs, répondit le soldat.

— Grâces te soient rendues, ô mon Dieu! qui as permis à nos faibles bras de glorifier en ce jour ton nom invincible!

En ce moment un bruit de voix retentissantes se fit entendre dans le camp des Barbares; c'étaient des cris répétés avec ensemble, des clameurs jetées d'une manière cadencée et comme une gigantesque psalmodie: les soldats saluaient l'empereur de leurs acclamations:

Victoire à Julien Auguste! Gloire à toi, Auguste, tu es vainqueur! Julien Auguste, tu es seul digne de mémoire! Gloire à toi! au vainqueur des Germains ! au vainqueur des Allemands ! au vainqueur des Francs ! à Julien immortel ! au divin Julien ! Julien à jamais ! Julien pour toujours !...

— O Dieu ! murmura Pallade, pardonne-leur, ils ne savent ce qu'ils font. Toi seul es divin, toi seul es immortel. Puis, reconnaissant le légionnaire qui le soutenait, il lui dit : Frère, je me sens mourir. Quand l'armée aura repris ses quartiers d'hiver à Lutèce, va dans la rue qui conduit du pont au palais ; là demeure, avec sa fille, dans une maisonnette, un vieillard...

— Qui se nomme Oréadès, poursuivit le soldat.

— Oui, tu le connais ?

— Je suis le fiancé de Nicea.

— Ah ! c'est toi... Tu es soldat contre ton gré?

— Là, où la divine Providence me place, je tâche d'accomplir mon devoir.

— Tu l'as rempli aujourd'hui en héros : je t'ai vu combattre. Mais enfin ?

— Il est vrai, je n'aime pas à répandre le sang.

— C'est bien ! dit Pallade. Il ouvrit le haut de sa casaque, tira de son sein des tablettes et écrivit:

» A Julien, empereur, Caius Junius Pallade, soldat de la septième Légion,

« Tu dois être content de la cohorte chré-
« tienne ; elle a péri tout entière pour le salut de
« l'armée et la gloire de l'empereur. Accorde, en
« considération de ceux qui sont morts, quelque
« faveur à ceux qui survivent.

« Je te prie que tu donnes son congé au lé-
« gionnaire Simpulius ; que si tu pouvais refuser
« cette grâce à la prière de Junius, soldat chré-
« tien, tu l'accorderas au souvenir de Pallade. —
« Adieu. »

Il écrivit ensuite au-dessus de la suscription ces mots qui étaient devenus sa devise et son cri de guerre : *Christus regnat*, *Christus vincit*, *Christus imperat.*

— Quand tu verras l'empereur, ajouta-t-il, tu lui remettras cela et il te sera permis de revoir tes foyers.

— Et que dirai-je au vieil Oréadès ?

— Que j'ai péri.

— Et puis encore ?

Pallade réfléchit un instant : — Rien, répondit-il d'une voix émue.

— Comment ? Rien...

En ce moment, le bruit d'une troupe de cavaliers attira l'attention de Simpulius : — Voici l'empereur ! dit-il vivement.

Julien, en effet, après s'être assuré de la victoire et avoir donné ses derniers ordres, rentrait au camp prendre quelques instants de repos. En passant près du lieu où la cohorte chrétienne avait combattu, il parut frappé d'une pensée soudaine, poussa son cheval de ce côté et se trouva en face de Junius et de son compagnon.

— Est-ce toi, Pallade ? s'écria-t-il, en apercevant le jeune officier sous son costume grossier et tout sanglant.

— Moi-même, répondit le blessé, et c'est la Providence divine qui t'envoie ; j'ai une grâce à te demander.

— Parle.

— Donne à ce soldat son congé.

— Il est libre. Mais toi-même que te faut-il ? tu es blessé ?

— Je vais mourir.

— Rassure-toi, dans un instant, mes médecins seront auprès de toi, ta blessure ne peut être grave.

— Laisse-les, Julien, leur secours m'est inutile;

mais va, je ne crains pas la mort, ou plutôt je la désire : il est des jours où, pour un homme de cœur, il ne reste plus qu'à mourir, et ces jours... ce sont ceux de ton règne, illustre empereur !

Ce furent ses dernières paroles ; il détourna la tête, fit le signe de la croix, pressa la main du légionnaire et expira.

Conclusion.

—

Trois ans après, au milieu de l'été de l'année 363, Julien était en Orient à la tête de son armée. On avait appris dans les Gaules qu'il avait conduit ses légions contre les Perses : partout on s'entretenait de cette grande expédition ; à Lutèce surtout, qui avait gardé le souvenir de l'infatigable empereur, les futures victoires des armées romaines occupaient exclusivement la pensée du peuple et excitaient déjà une joie anticipée. Il n'y avait que dans la maison d'Oréadès que cet enthousiasme ne trouvait pas d'écho ; les choses en étaient arrivées à ce point que chaque succès des Romains était devenu pour le christianisme une nouvelle blessure, et le vieillard, sans se laisser aller au découragement, ne pouvait néanmoins s'empêcher de s'attrister sur les maux de l'Eglise. Sa propre situation s'était améliorée, le retour de Simpulius avait apporté l'aisance dans sa demeure, et, en complétant le cercle de la famille, avait comblé les vœux du père de Nicea.

Malgré tout cela, le spectacle des malheurs de la religion et des dangers qui la menaçaient, troublait le repos d'Oréadès. Le souvenir de Pallade vivait toujours aussi dans sa pensée ; à une place d'honneur près de l'autel domestique, étaient appendues une casaque grossière noircie de sang, des phalères d'or et des tablettes ; Simpulius avait rapporté cela des bords du Rhin, c'était tout ce qui restait de Junius, le brillant officier, l'ami d'enfance de l'empereur. Chaque jour, agenouillée auprès de ces reliques qu'avait bénies le sang du généreux confesseur, la famille remplissait le devoir de la prière, ou bien réunie dans une causerie intime s'entretenait des dangers de l'Eglise.

Un soir ils étaient ainsi assemblés ; Nicea agitait d'une main vigilante un petit berceau d'osier, Simpulius racontait pour la centième fois les derniers moments de Pallade, Oréadès rappelait sa visite, ses paroles généreuses, ses pressentiments, ses adieux attendris et, à ce souvenir, des larmes remplissaient les yeux du vieillard et de la jeune femme.

Ils en étaient là lorsqu'une rumeur confuse, qui venait de la rue, les interrompit ; Simpulius se leva et sortit pour connaître la cause de ce bruit inaccoutumé. Les habitants de Lutèce allaient et venaient d'un air inquiet, ils s'abordaient avec tristesse ; la foule pressée écoutait avec stupeur une nouvelle qui se répétait de bouche en bouche; Simpulius s'approcha d'un groupe et prêta l'oreille : on venait d'apprendre que l'empereur avait péri ; il était tombé au milieu d'une victoire, frappé par une main mystérieuse. Les païens poussaient des cris de douleur : Les dieux s'en vont, disaient-ils. L'un d'eux, apercevant le gendre d'Oréadès, s'écria : Qu'est-ce donc que les chrétiens racontent de la patience de leur Dieu ? Il n'a pu supporter pendant trois ans seulement la résistance de Julien sans faire éclater sa colère.

Simpulius rentra et annonça ce qu'il venait d'apprendre. A cette nouvelle, le vieil Oréadès leva les mains au ciel; puis, jetant les yeux sur les tablettes où se lisaient encore les derniers mots qu'avait écrits Pallade : Ah ! s'écria-t-il, il ne se trompait point, le saint confesseur ; oui, le Christ est maintenant le roi du monde, le vainqueur immortel, l'unique empereur !

Christus regnat ! Christus vincit ! Christus imperat !

FIN.

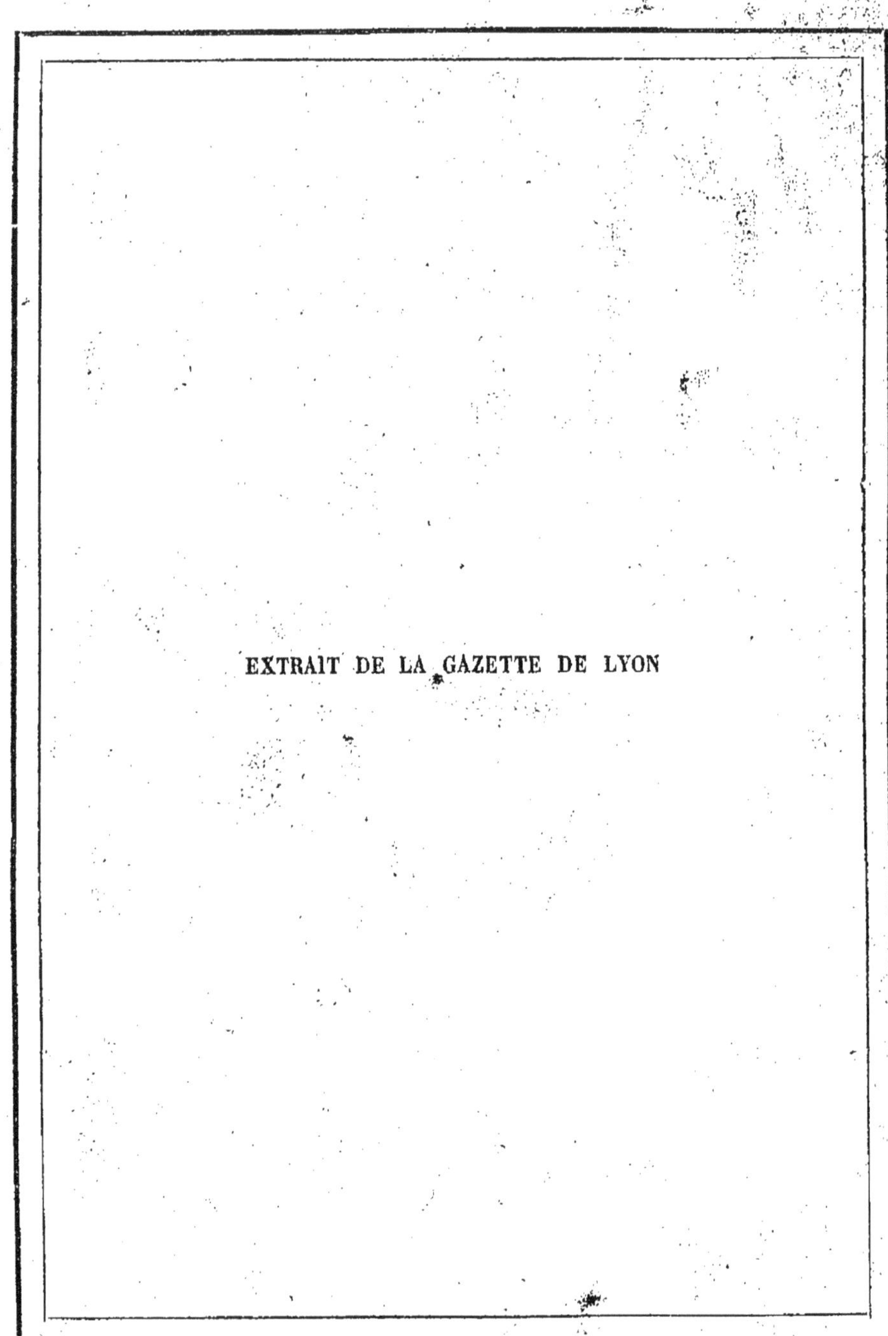

EXTRAIT DE LA GAZETTE DE LYON

Lyon. — Imprimerie de E. LABAUME, cours Lafayette 5.

www.ingramcontent.com/pod-product-compliance
Ingram Content Group UK Ltd.
Pitfield, Milton Keynes, MK11 3LW, UK
UKHW020356180726
13839UKWH00003B/1134

9 782329 155784